아슬아슬했던 시절,

목단꽃 이불 밑에 숨은 사연

어르신 이야기책 _108 짧은글

아슬아슬했던 시절,
목단꽃 이불 밑에 숨은 사연

초판 1쇄 발행일 2018년 3월 9일

지은이 양귀자
그린이 남인희
펴낸이 이원중

펴낸곳 지성사 출판등록일 1993년 12월 9일 등록번호 제10-916호
주소 (03408) 서울시 은평구 진흥로1길 4(역촌동 42-13) 2층
전화 (02) 335-5494 팩스 (02) 335-5496
홈페이지 지성사.한국 | www.jisungsa.co.kr 이메일 jisungsa@hanmail.net

ISBN 978-89-7889-357-2 (04810)
978-89-7889-349-7 (세트)

이 도서의 국립중앙도서관 출판예정도서목록(CIP)은 서지정보유통지원시스템 홈페이지(http://seoji.nl.go.kr)와 국가자료공동목록시스템(http://www.nl.go.kr/kolisnet)에서 이용하실 수 있습니다. (CIP제어번호: CIP2018005470)

어르신 이야기책 _108 짧은글

아슬아슬했던 시절,
목단꽃 이불 밑에 숨은 사연

양귀자 글 · 남인희 그림

지성사

아마도, 더듬어 보자면, 푸른 비단에 구름처럼 풍성한 붉은 목단꽃이 수놓아진 이불이었을 것이다.

이불깃은 빳빳하게 풀 먹인 광목이었으며, 바늘이 누비고 간 실뜸의 간격은 자로 잰 듯이 정확했었다.

붉은 목단꽃 이불의 그 홑청은 유난히도 자주,

장대로 곧추 세워놓은 빨랫줄에 널려

깃발처럼 펄럭이곤 했었다.

풀 먹인 그것을 자근자근 밟아대는 심부름도

참 많이 했었다.

잘 개킨 홑청 위에 옥양목 수건을 깔고,

그 위에 서서 나는 책을 읽었다.

책에 빠져 있다가 문득 내려다보면 밟아야 할

풀 먹인 홑청은 저만치 있고,

내 작은 발은 맨방바닥만 헤매고 있었는데.

그 이불의 홑청이 자주 뜯겨져야 했던 까닭은 다른 데에 있지 않았다.

내 어린 시절 우리 집 안방은 언제나 그 이불을 함께 덮고 자야 할 숙박객들로 붐비고 있었다.

가까운 친척은 물론이거니와 촌수를 헤아리기 어려운 먼 핏줄들까지, 도시로 나오면 얼마가 됐건 모두 우리 집에서 묵었다.

기술 배우기 위해 시골을 떠난 사촌 혹은 육촌들은
그 기술을 다 배워 자립할 때까지 한 식구로 지내곤 했다.

그것도 모자라 단칸방에서 새우잠 자곤 하는
이웃 할머니, 막차 놓친 쌀장수 아줌마,
친척집을 떠도는 교회 집사님,
이런 이웃들이 어머니 손에 이끌려
밤이 되면 이불 밑으로 모여 드는 것이었다.

그래놓고 어머니는 방문 앞 불기 닿지 않는 윗목에서
옷 다 입은 채로 팔베개를 하고 옹색하게 주무시곤 했다.

그 이불이 막아주고 덮어준 외로움과 고단함은
대체 얼마만큼이었을까.
그 이불 밑에서 하룻밤 짧은 꿈을 만지다가 다시 한 번
세상으로 나갔던 사람들은 다 어디로 갔을까.

어느 날이었던가, 내가 문득 그 목단꽃 이불을 말하니까
늙어 허리 굽은 어머니는 저쪽 어디, 허공을 보았다.

넌 별 쓰잘데기 없는 것도 다 기억한다.
남편 없는 안방이라 다들 와서 편히 자고 간 것이지,
근데, 그런 게 다 생각나냐…… .

어머니가 아버지와 혼인한 것은 18세 때,
황해도 연백군에서였다.

원래는 전북 김제 태생이었으나 쌀 도매업으로
한때 갑부 소리까지 들었던 외할아버지는 사업이 망하자
먼 친척이 살고 있는 황해도로
식솔을 데리고 옮겨 앉아버렸다.

그때가 어머니 16세, 당시로는 혼기가 꽉 찬 나이여서
이사 간 지 한 달도 못되어 중매쟁이들이 줄을 서기
시작했다.

위로 있던 세 오빠들이 동경 유학을 다녀와 막 힘을 펴기 시작한 때이고, 망한 살림이라도 그럭저럭 아쉬운 소리는 하지 않고 살던 형편이라 집안에서는 이리저리 따져가며 신랑감을 고를 생각이었다.

하지만 어머니의 혼인은 엉뚱하게 결정 나고 말았다.

그 무렵, 연안 장터에서 외할아버지는

당신 돈을 많이 떼먹고 도망간 고향사람을 만난다.

그러나 허름한 행색으로 삼베장사를 하고 있는

그이를 본 외할아버지는 돈이야 벌면 되는 것이고,

머나먼 타향에서 용케 만난 것만도 기적이 아니냐며

단번에 허물을 덮고 가까이 지내게 된다.

외할아버지 성품이 그렇게 거침이 없고 뒷말이 없는

넉넉한 분이라고 했다.

그런데 어느 날 갑자기 삼베장수가 찾아와

문득 사주보따리를 내놓았다.

외할아버지는 깜짝 놀라며 무슨 짓이냐고 호통을 쳤지만 삼베장수는 어르신이 이미 승낙한 혼인이 아니었냐고 하면서 억지를 쓰기 시작했다.

하긴 그럴 만도 했다. 외할아버지는 며칠 전, 전라도 사람 청년이 있다 해서 삼베장수 중매로 신랑감을 선본 일이 있었는데, 그때 약주 대접을 많이 받고 술김에 혼인을 승낙했다는 것이다.

워낙 술에 취해 있어 기억도 못할 뿐만 아니라,
취중에 던진 반승낙이 무슨 소용 있냐고 해보아도
삼베장수의 억지를 당해낼 수가 없었다.

결국 어머니는 외할아버지의 취중 약속에 떠밀려
궁핍하기 짝이 없는 시댁의 넷째 아들과
혼인을 하게 된다.

시집을 가고 보니, 신랑감은 농사일은 전혀 할 줄
모르는 가냘픈 체구에다가, 취미가 하모니카, 바이올린,
기타 퉁기기라는, 그저 한없이 마음만 착한,
무능하기 그지없는 가장이었다.

어머니가 회상하는 아버지는 말하자면
구름 같은 존재였다.

김을 매러 나가서는 하루 종일 논둑에 앉아
하모니카나 불고, 지는 석양이 아름답다고 노을빛을
안주 삼아 술이나 마시다가
어두워지면 동구 밖 느티나무 아래 서서 하염없이
그 좋은 음성으로 노래만 불렀다는 아버지.

몇 년 후, 농장 마름의 일자리를 얻어 고향으로
돌아와서도 아버지는 흙먼지 속에서 바이올린이나 켰다.
어머니는 그 깽깽이 소리가 듣기 싫어
몇 번이나 내다 버릴 생각을 했다고 했다.

하지만 생전 남 욕할 줄도 모르고, 남 타박할 줄도 모르는,
마치 이 세상 사람이 아닌 듯한
아버지의 유일한 낙을 차마 어찌해버릴 수가 없었다.

아버지 고향인 부안 줄포에서 아들 다섯을 낳고
우리 가족은 도청 소재지 전주로 나왔다.
외숙이 아버지의 취직자리를 알선해준 덕이었다.

아버지의 술병은 도시로 옮긴 뒤부터 본격적으로

시작되었다.

도시의 삶이 아버지 식의 세상 사는 방법을

용납하지 않은 탓이었을까.

그때부터 하모니카도, 바이올린도 손에 들지 않고

당신은 허구한 날 술만 마셨다.

맨정신으로는 세상이 무섭다 했다.

그 시절 이미 우리 집의 가장은 아버지가 아니었다. 야간 중학교에 다니면서 아버지 다니는 회사의 배려로 사환으로 일하기 시작한 큰오빠가 생계를 도맡았다.

이것은 나중의 이야기지만, 대학까지 야간으로 다녔던 큰오빠의 어깨에 매달려 자란 밑의 동생 여섯은 모두 다 주간으로 대학까지 마쳤다.

中

아버지는 내가 여섯 살 때, 주위 사람 전부 틀림없다고
진단한, 아주 확실한 병명, '술병'으로 돌아가셨다.

현실적으로 아버지의 죽음이 우리 집안에 미친 영향은
아무것도 없었다.

단지 세상으로 내려와 땅 한번 덮어보지 못한
구름 한 조각이 하늘 어디로 흩어진 것, 그것뿐이었다.

어머니는, 아주 많은 시간이 흐른 뒤에 그 죽음에 대해서 이렇게 언급하였다.

니 큰오빠한테 그렇게 모진 고생시킨 것 생각하면 참말 밉지만, 그밖에는 미워할래야 미워할 것도 없는 양반이었다…….

아버지가 남긴 자식은 일곱이었지만 어머니에게 있어 자식은 큰아들 '하나'와 나머지 자식 '여섯'이었다.

어머니는 도저히 다른 자식 여섯을 생각하는 마음과
똑같은 부피로 고생하는 큰아들을 대할 수 없었다.

이제 갓 스물이 지난 어린 나이로 밤잠을 못 이루며
대가족의 생계를 이어나갈 궁리에 살이 마르는
큰아들의 잘생긴 얼굴은 마주보기도 아까울 만큼
가슴에 아린 존재였다고 했다.

큰아들의 짐을 다소나마 덜어주기 위해 어머니는
당신이 할 수 있는 일은 다 했다.

그래서 어지간히 살림이 피기 전까지 어머니는
삯바느질로 밤을 밝히기 예사였고,
많으면 다섯에서 적으면 둘까지, 받아들일 수 있는
하숙생을 두어 양식값을 줄였다.

일곱의 자식에, 하숙생들에, 거기다 늘 끊이지 않던 군식구까지, 어머니가 씻어서 안쳐야 했던 쌀은 한 달에 두 가마니까지 갈 때가 있었어도 어머니는 한번도 큰오빠 밥을 다른 식구들 밥과 섞어서 지은 적이 없었다.

큰오빠 밥만을 위한 작고 반들반들한 돌솥이 따로 있어서 언제라도 막 지은 고소한 새 밥으로 마련해서 따로 상을 보았다.

솥만 따로 있었던가. 큰오빠 김치, 큰오빠 달걀,
큰오빠 조기, 큰오빠 참기름, 하여간 그 시절
우리 형제에겐 '큰오빠' 표가 붙은 것 이상으로
맛있는 음식은 없었다.

여태까지 살아오면서 자식에게 바치는 정성으로
그때의 어머니가 큰오빠한테 보여 주었던 것만큼
지극한 것을 나는 본 적이 없다.

지금도 다른 아들집에 사흘만 있으면 큰아들 곁으로 돌아가지 못해 생병이 나는 어머니나, 지금도 어머니가 해주는 밥보다 맛있는 것이 없다고 말하는 큰오빠나, 모두 아슬아슬했던 한 시대를 헤쳐 온 동지애로 똘똘 뭉친 사람들이었다.

그러했던 까닭에 나는 어린 시절의 어머니를 홀로 기억하기가 어렵다. 어머니와 큰오빠는 내 기억 속의 같은 항목에 저장되어 있어서 따로 불러낼 수가 없다.

아니, 몇 가지 있기는 하다.
은비녀가 반짝이던 쪽진 머리를 하고
밤 예배에 다녀오던 어머니,
하도나 영민한 분이어서
한때 콜롬보 형사라는 별칭으로 불렸던 일,

언제나 새벽이 올 때까지 잠들지 않고
부엌에서 기척을 내던 고단했던 시절의 당신,
그리고 푸른 비단의 붉은 목단꽃 이불도
거기 하나 끼어 있는 것이다.

그 시절에는 한 끼의 따뜻한 밥이나
하룻밤의 따뜻한 잠자리만으로도 얼마든지
이웃의 아픔을 덜어줄 수 있던 때였다.

어머니는 당신이 쥐고 있는 아주 작은 것을 나누어
그 일을 해보였다. 사람들은 말했었다.
어머니 밑에서 밥을 먹으면 저절로 살로 갔다고.

어머니는 당신 입에 들어가는 것보다 남의 입에
들어가는 것이 더 좋아야 한다고 믿는 분이었다.
내 몸 하나가 조금 고단한 것으로
다른 이들의 마음을 좋게 할 수 있다면
얼마든지 그렇게 하는 분이었다.

죽으면 썩어서 흙으로 돌아가 버릴 몸,
살아생전에 부서지도록 일해도 된다는 것이
어머니의 생각이었다.

지금도 아들 딸네 집에 다니며 밑반찬 단속하고,
묵은 살림 정갈하게 윤내고,
손 많이 가는 음식 해 먹이는 일이
가장 큰 즐거움이라고 말하는 어머니다.

그리고 어머니는, 이제는 옷 다 입은 채로
새우잠을 자야 할 아무런 이유가 없는데도
여태까지 맨바닥에서 웅크리고 잠을 청하곤 한다.
푹신한 이부자리를 덮으면 갑갑하다고 했다.

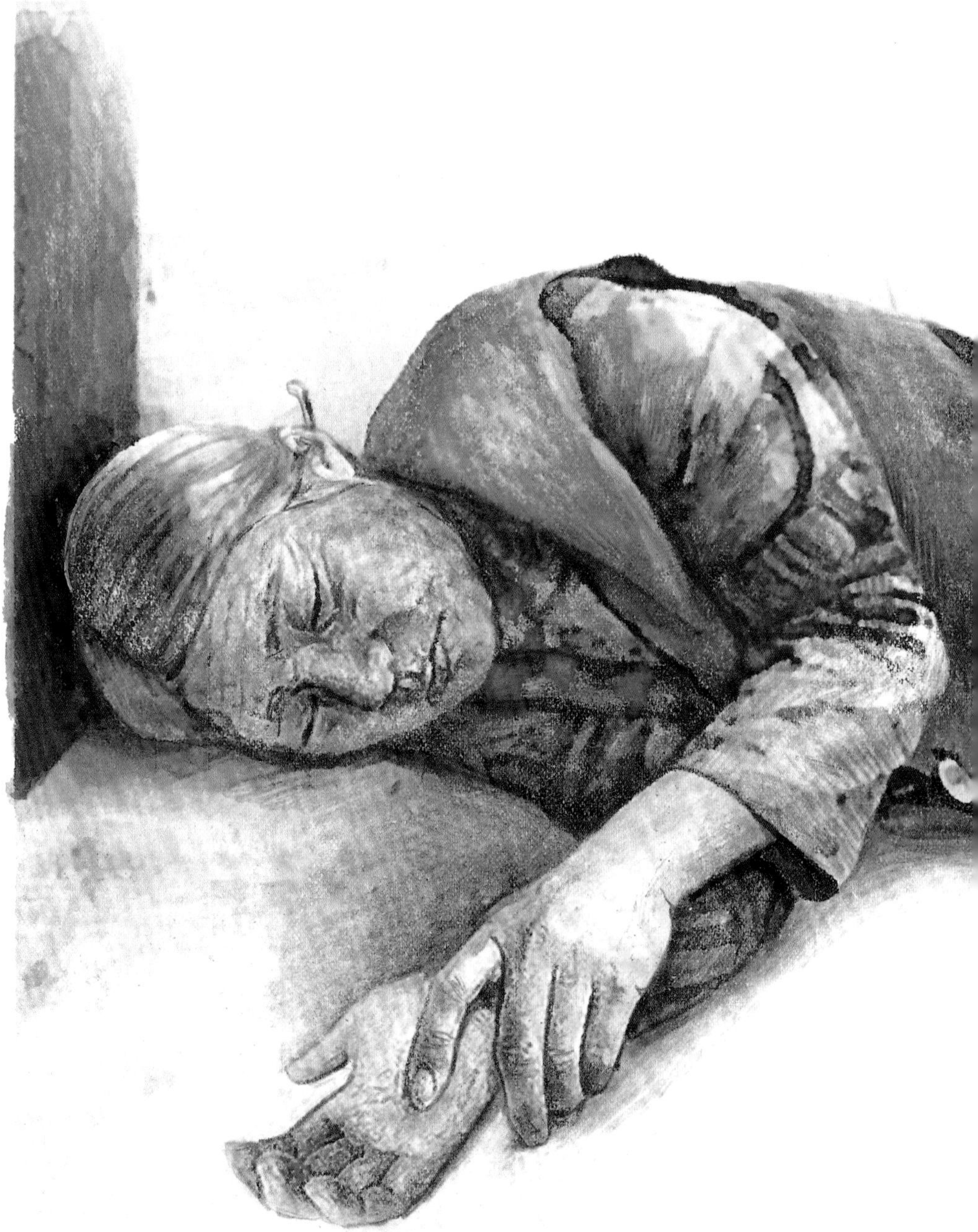

일흔셋 노인의 잔뜩 움츠린 몸은 하염없이 작기만 하고,
그런 어머니의 새우잠을 목격할 때마다 나는 중얼거린다.

언제, 여기, 이 자리에 와 있는 것일까,
그 붉은 목단꽃 이불 밑에서 하룻밤 짧은 꿈을 만지다가
다시 환한 세상으로 나갔던 사람들은
다 어디로 갔을까…….